木精

森鷗外＋いとうあつき

初出：「朝日新聞」1910年1月16日・17日

森鷗外

文久2年(1862年)島根県生まれ。小説家。東京大学医学部卒業後、陸軍軍医となり、留学生としてドイツに4年間滞在した。帰国後『舞姫』などを発表し、小説家としても活動をはじめる。またゲーテ『ファウスト』などの翻訳も行った。大正11年(1922年)没。代表作に『ヰタ・セクスアリス』、『雁』、『山椒大夫』などがある。長女の森茉莉も、小説家・エッセイストとして活動した。

いとうあつき

イラストレーター。文教大学教育学部心理教育課程卒業。保育士として勤務後、イラストレーターに。ギャラリーDAZZLE実践装画塾7期修了。著書に『春は馬車に乗って』(横光利一-いとうあつき)、『26文字のラブレター』がある。

が屏風（びょうぶ）のように立っている。

登山をする人が、始めて深山薄雪草の白い花を見付けて
喜ぶのは、ここの谷間である。
フランツはいつもここへ来てハルロオと呼ぶ。

麻のようなブロンドな頭を振り立って、
どうかしたら羅馬(ロオマ)法皇の宮廷へでも生捕(いけど)られて
行きそうな高音でハルロオと呼ぶのである。

呼んでしまってじいっとして待っている。

暫（しばら）くすると、大きい鈍い
コントルバスのような声で
ハルロオと答える。

これが木精(こだま)である。

フランツはなんにも知らない。ただ暖かい野の朝、雲雀が飛び立って鳴くように、冷たい草叢の夕、蛼が忍びやかに鳴く様に、ここへ来てハルロオと呼ぶのである。

しかし木精の答えてくれるのが嬉しい。木精に答えて貰うために呼ぶのではない。呼べば答えるのが当り前である。

日の明るく照っている処に立っていれば、影が地に落ちる。地に影を落すために立っているのではない。立っていれば影が差すのが当り前である。そしてその当り前の事が嬉しいのである。

フランツは父が麓の町から
始めて小さい沓を買って来て
穿かせてくれた時から、
ここへ来てハルロオと呼ぶ。

呼べばいつでも
木精の答えないことはない。

フランツは
段々大きくなった。

BOOKS
そして父の手伝を
させられるようになった。

BOOK
STORE

New books
this week
st arrived!

BOOKS

それで久しい間
例の岩の前へ来ずにいた。

ある日の朝である。

山を一面に包んでいた雪が、巓にだけ残って方々の樅の木立が緑の色を現して、深い深い谷川の底を、水がごうごうと鳴って流れる頃の事である。フランツは久振で例の岩の前に来た。

そして例のようにハルロオと呼んだ。

麻のようなブロンドな
頭を振り立って呼んだ。
しかし声は少し荒（さび）を帯びた
次高音になっているのである。

呼んでしまって、じいっとして待っている。
暫くしてもう木精が答える頃だなと思うのに、山は
ひっそりしてなんにも聞えない。ただ深い深い谷川が
ごうごうと鳴っているばかりである。

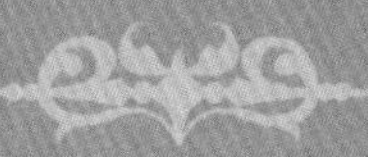

フランツは久しく木精と問答をしなかったので、自分が時間の感じを誤っているかと思って、また暫くじいっとして待っていた。

木精はやはり答えない。

フランツはじいっとしていつまでもいつまでも待っている。

木精はいつまでもいつまでも答えない。

これまでいつも答えた木精が、どうしても答えないはずはない。もしや木精は答えたのを、自分がどうかして聞かなかったのではないかと思った。

フランツは前より大きい声をしてハルロオと呼んだ。

そしてまたじいっとして待っている。

もう答えるはずだと思う時間が立つ。

山はひっそりしていて、ごうごうという谷川の音がするばかりである。

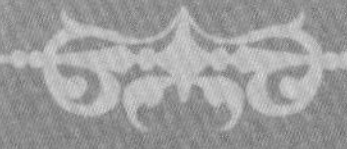

また前に待った程の
時間が立つ。
聞こえるものは
谷川の音ばかりである。

これまではフランツはただ不思議だ不思議だと思っていたばかりであったが、この時になって急に何とも言えない程心細く寂しくなった。譬えばこれまで自由に動かすことの出来た手足が、ふいと動かなくなったような感じである。麻痺の感じである。麻痺は一部分の死である。死の息が始めてフランツの項に触れたのである。フランツは麻のようなブロンドな髪が一本一本逆に竪つような心持がして、何を見るともなしに、身の周匝を見廻した。

目に触れる程のものに、何の変った事もない。目の前には例の岩が屏風の様に立っている。日の光がところどころ霧の幕を穿って、樅の木立を現わしている。風の少しもない日の癖で、霧が忽ち細い雨になって、今まで見えていた樅の木立がまた隠れる。谷川の音の太い鈍い調子を破って、どこかで清い鈴の音がする。牝牛の頸に懸けてある鈴であろう。

フランツは雨に濡れるのも知らずに、
じいっと考えている。

余り不思議なので、
夢ではないかとも思って見た。

しかしどうも夢では
なさそうである。

暫くしてフランツは
何か思い付いたというような風で、

「木精は死んだのだ」とつぶやいた。
そしてぼんやり自分の住んでいる村の方へ引き返した。

同じ日の夕方であった。

フランツはどうも木精の事が気に掛かってならないので、また例の岩の処へ出掛けた。

この日丁度午過（ひるすぎ）から極（ごく）軽い風が吹いて、高い処にも低い処にも団（まろ）がっていた雲が少しずつ動き出した。そして銀色に光る山の巓が一つ見え二つ見えて来た。

フランツが二度目に出掛けた頃には、巓という巓が、藍色に晴れ渡った空にはっきりと画かれていた。そして断崖になって、山の骨のむき出されているあたりは、紫を帯びた紅に匂うのである。

フランツが例の岩の処に近づくと、忽ち木精の声が賑やかに聞えた。小さい時から聞き馴れた、大きい、鈍い、コントルバスのような木精の声である。

フランツは「おや、木精だ」と、覚えず耳を欹てた。

そして何を考える隙（ひま）もなく駈け出した。例の岩の処に子供の集まっているのが見える。子供は七人である。皆ブリュネットな髪をしている。血色の好い丈夫そうな子供である。

フランツはついに見たことのない子供の群を見て、気兼をして立ち留まった。

子供達は皆じいっとして木精を聞いていたのであるが、木精の声が止んでしまうと、また声を揃えてハルロオと呼んだ。

勇ましい、底力のある声である。

暫くすると木精が答えた。大きい大きい声である。山々に響き谷々に響く。

空に聳えている山々の巓
は、この時あざやかな紅に
染まる。そしてあちこちに
ある樅の木立は次第に濃く
なる鼠色に漬されて行く。

七人の知らぬ子供達は
皆じいっとして、
木精の尻声が微かになって
消えてしまうまで聞いている。
どの子の顔にも喜びの色が輝いている。
その色は生の色である。

群を離れてやはりじいっとして聞いている
フランツが顔にも喜びが閃(ひらめ)いた。
それは木精の死なないことを知ったからである。

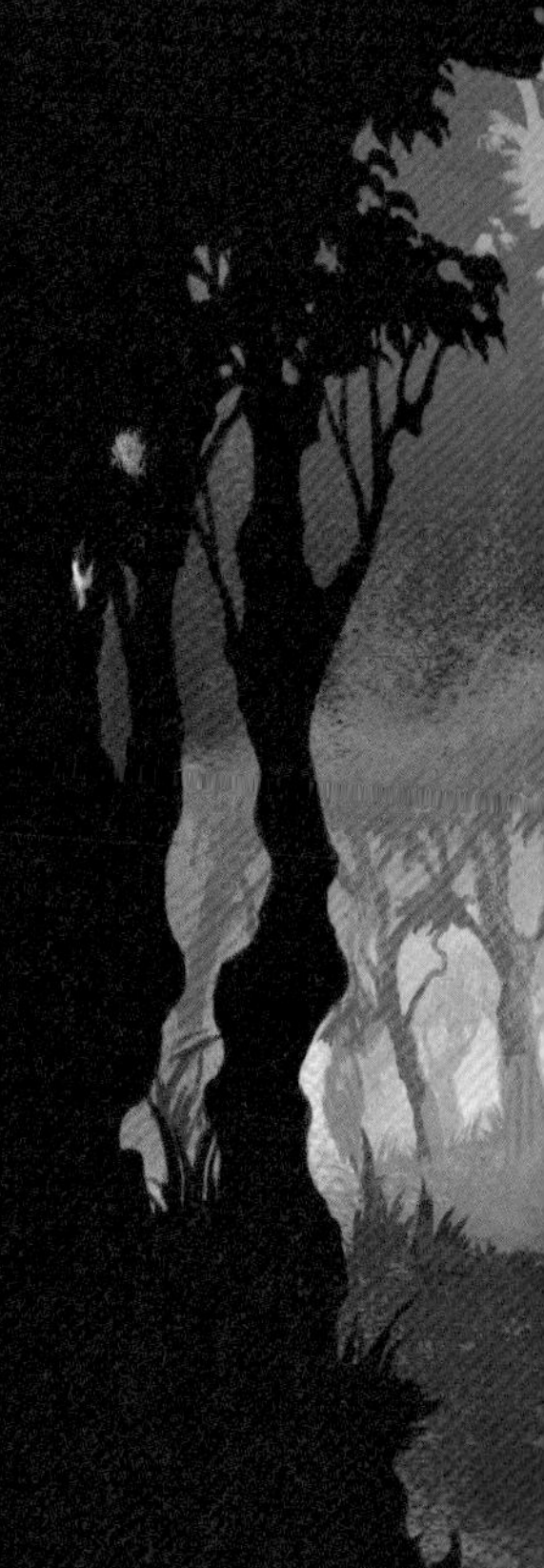

フランツは何と思ってか、そのまま踵（きびす）を旋（めぐ）らして、
自分の住んでいる村の方へ帰った。

歩きながらフランツはこんな事を考えた。あの子供達はどこから来たのだろう。麓の方に新しい村が出来て、遠い国から海を渡って来た人達がそこに住んでいるということだ。あれはおおかたその村の子供達だろう。あれが呼ぶハルロオには木精が答える。

自分のハルロオに答えないので、木精が死んだかと思ったのは、間違であった。

木精は死なない。
しかしもう自分は呼ぶことは廃そう。
こん度呼んで見たら、答えるかも知れないが、
もう廃そう。

闇（やみ）が次第に低い処から
高い処へ昇って行って、
山々の巓は最後の光を見せて、
とうとう闇に包まれてしまった。

村の家にちらほら燈火が附き初めた。

※本書には、現在の観点から見ると差別用語と取られかねない表現が含まれていますが、原文の歴史性を考慮してそのままとしました。

乙女の本棚シリーズ

［左上から］

『女生徒』太宰治＋今井キラ／『猫町』萩原朔太郎＋しきみ
『葉桜と魔笛』太宰治＋紗久楽さわ／『檸檬』梶井基次郎＋げみ
『押絵と旅する男』江戸川乱歩＋しきみ／『瓶詰地獄』夢野久作＋ホノジロトヲジ
『蜜柑』芥川龍之介＋げみ／『夢十夜』夏目漱石＋しきみ
『外科室』泉鏡花＋ホノジロトヲジ／『赤とんぼ』新美南吉＋ねこ助
『月夜とめがね』小川未明＋げみ／『夜長姫と耳男』坂口安吾＋夜汽車
『桜の森の満開の下』坂口安吾＋しきみ／『死後の恋』夢野久作＋ホノジロトヲジ
『山月記』中島敦＋ねこ助／『秘密』谷崎潤一郎＋マツオヒロミ
『魔術師』谷崎潤一郎＋しきみ／『人間椅子』江戸川乱歩＋ホノジロトヲジ
『春は馬車に乗って』横光利一＋いとうあつき／『魚服記』太宰治＋ねこ助
『刺青』谷崎潤一郎＋夜汽車／『詩集『抒情小曲集』より』室生犀星＋げみ
『Kの昇天』梶井基次郎＋しらこ／『詩集『青猫』より』萩原朔太郎＋しきみ
『春の心臓』イェイツ（芥川龍之介訳）＋ホノジロトヲジ
『鼠』堀辰雄＋ねこ助／『詩集『山羊の歌』より』中原中也＋まくらくらま
『人でなしの恋』江戸川乱歩＋夜汽車／『夜叉ヶ池』泉鏡花＋しきみ
『待つ』太宰治＋今井キラ／『高瀬舟』森鷗外＋げみ
『ルルとミミ』夢野久作＋ねこ助／『駈込み訴え』太宰治＋ホノジロトヲジ
『木精』森鷗外＋いとうあつき

全て定価：1980円（本体1800円+税10%）

『悪魔　乙女の本棚作品集』
しきみ

定価：2420円（本体2200円+税10%）

木精

2023年 8月10日　第1版1刷発行

著者　森 鷗外
絵　いとうあつき

発行人　松本 大輔
編集人　野口 広之
編集長　山口 一光
デザイン　根本 綾子(Karon)
協力　神田 岬
担当編集　切刀 匠

発行：立東舎
発売：株式会社リットーミュージック
〒101-0051 東京都千代田区神田神保町一丁目105番地

印刷・製本：株式会社広済堂ネクスト

【本書の内容に関するお問い合わせ先】
info@rittor-music.co.jp
本書の内容に関するご質問は、Eメールのみでお受けしております。
お送りいただくメールの件名に「木精」と記載してお送りください。
ご質問の内容によりましては、しばらく時間をいただくことがございます。
なお、電話やFAX、郵便でのご質問、本書記載内容の範囲を超えるご質問につきましてはお答えできませんので、
あらかじめご了承ください。

【乱丁・落丁などのお問い合わせ】
service@rittor-music.co.jp

©2023 Atsuki Ito　©2023 Rittor Music, Inc.
Printed in Japan　ISBN978-4-8456-3910-6
定価1,980円(1,800円+税10%)
落丁・乱丁本はお取り替えいたします。本書記事の無断転載・複製は固くお断りいたします。